U0084939

大福的守護

2

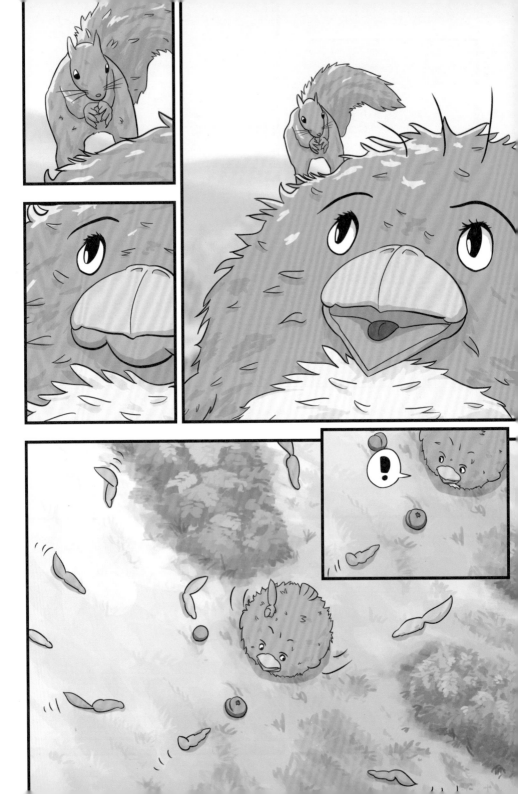

爸爸去上班了，爸爸拜拜！

媽媽，妳可以陪我玩嗎？

唔……

親愛的，媽媽在洗碗喔，等媽媽洗完再陪妳玩好嗎？

不行啦！現在就陪我玩！陪我玩！

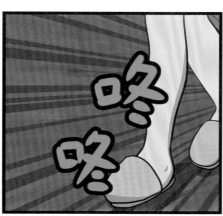

莉莉，早餐有好好吃完嗎？

有！全部吃光光！

媽媽我出門囉！

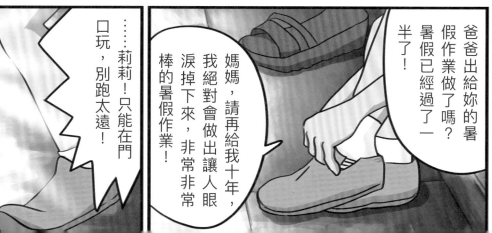

爸爸出給妳的暑假作業做了嗎？暑假已經過了一半了！

媽媽，請再給我十年，我絕對會做出會讓人眼淚掉下來，非常非常棒的暑假作業！

……莉莉！只能在門口玩，別跑太遠！

哈姆！

你在哪裡！

媽媽妳放心，我不會跑太遠的！

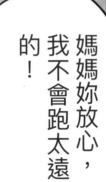

哈姆哈姆快起來！家裡好無聊，我們跑遠一點玩，不要讓媽媽知道喔！

哈！

哈姆，被我追到你就輸了！

你已經連續輸給我十次了，別以為這次你會贏！

看吧，不就在那邊而已。

哼，果然是年幼的小狗，以為跑進樹叢我就抓不到你。

再跑也只是浪費體力而已！

別跑，趕快投降！

你已經沒有地方逃了，哈姆！

哈姆

據說到那邊每天吃肉都吃不完哩！

這麼遠？那邊真的有很多獵物嗎？

據說好像是前面那座山再過去那座山旁邊的山上。

這次不知又要遷徙到哪裡去？

我交給你的水晶有保管好厚？

都在阿吉那邊，放心啦！

噗乂

嘎

想不到他們留最輕的一袋給我，真夠意思。

嚼～

不過這最輕的一袋還真重阿。

嚼～

你不能跑那麼快啦，哈姆……

呼

呼

咦，沒力了嗎？不逃了嗎？

不過就是這樣的程度嘛，沒什麼！

看我的！

這次一定會抓到你！

抓到你了哈姆！

這是……

咦？

等一下！

哼！

我最看不慣大欺小這種事了！

我要來把你趕走！

不要欺負那隻大鳥！

離他遠一點！

扣.

ㄌㄨ

ㄌㄨ

ㄌㄨ

驚！

唔……

哼！知道我的厲害了吧！看你敢不敢再來！

呼呼

29

沒事的，我已經把那隻野狗趕跑了！

還好有我在旁邊，你別擔心。

你叫什麼名字？住在哪裡？

呃……意思……不好……

你看起來好像不太舒服，我昨天才天玩過河馬醫生的遊戲，我來幫你看看喔。

唔……

你怎麼不好好種田，跑來這裡做什麼？

阿布？

可能是被剛剛那隻野狗咬到了，我要好好照顧他。

你看，這邊有一隻大鳥好像受傷了。

妳……妳搞錯了……，不是這樣的……

我建議妳早點離開那隻鳥比較好……

不然的話……我擔心妳會有危險……

你在說什麼啊，你看這隻鳥這麼難過，我一離開誰來照顧他？萬一那隻野狗又跑回來怎麼辦？

野狗至少還趕的走，還有遠比野狗更可怕的，我親眼看到了……

這隻鳥是因為吃了土著的水晶才肚子痛的……

妳是剛搬來的或許不知道，在這附近的山上，住了一些土著。

我們家曾經因為到他們住的山區狩獵，結果他們就把我們的玉米田拔光了。

剛剛看到他們經過的時候我趕緊躲起來，結果就看到土著掉下了一個閃亮的水晶，然後被這隻鳥給吃掉。

我不知道那個水晶是做什麼的，但我們光是狩獵都可以惹他們不高興，何況這隻鳥吃了看來很貴重的水晶。一旦他們發現水晶不見，一定會回來找的！

這種鳥不親人，我們也還是小孩，不可能好好照顧他。

本來也還有兩隻鳥在他旁邊照顧，結果可能是他哥姊的鳥，卻被野狗嚇跑了。

……妳有在聽我說話嗎？

……

笑一個嘛！

一般來說，鳥類受到驚嚇，短期內可能不會回來。

那如果我現在離開，他哥哥姐姐會回來照顧他嗎？

有啊，你說這隻鳥是吃了土著的水晶才肚子痛，然後他哥哥姐姐是被野狗嚇跑的。

那這樣我就更不能離開了不是嗎？

就算你說的土著很可怕，我也不能丟下他。

我不能見死不救，留這隻受傷的鳥自己在這裡。

碰

你看，他連站都站不穩了，我怎麼能離開？

外面的世界很危險，你只能待在這條線裡面噢！

我叫莉莉，從今天開始就是你的主人了，我會負責照顧你的。

我們總共有兩件事要做。

第一件事是要
先讓你恢復健
康；第二件事
是要找到你哥
哥姐姐。

看你圓圓胖胖
的，就叫你大
福好了。

我會把你的身
體照顧好的。

你願意當
我的好朋
友嗎？

如果你願意的話，就讓我們一起加油吧！

肚子痛不是這樣做的吧？

蘋果多吃點，有體力才會好得快唷！

而且我剛剛也說了，這種鳥生性不親人，不管妳再怎麼照顧他，總有一天他會想離開妳，過原本的生活的。

不會有這種事的。

我們一直會是好朋友的。

對吧大福？

期待之後……

相處的樂趣吧！

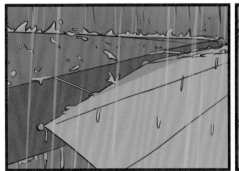

※ 腳步聲

不是說好我會陪你一起的嗎？你怎麼一聲不響就跑掉了？

大福，你好了嗎？

不管有多危險，我都不會讓你自己去的！

嘎

嘎

嘎

人活著的條件不外乎食、衣、住、行、育、樂，

其中又以「食」最重要，我想這點你也是一樣。

沒有食物根本不可能活下去。

大福……

你真的有辦法靠自己的力量活下去嗎？

唔……

我來找找看喔……

有了！

就是這個！

Episode2 相伴

嗯⋯⋯不過應該怎麼做呢？

嘎～

我們跑去右邊羊咩咩那裡，我們應該多接觸動物，也許他們知道你哥哥姊姊在哪裡唷。

有了大福！

唷呼！

被一大群羊咩咩包圍好開心喔！

大福，你也要多跟羊咩咩交流喔！

哈姆，坐在大福身上是不是很舒服？

你要多跟他學習！

哈姆你看，大福還會排隊呢！

咦？怎麼慢下來了？

奇怪，怎麼完全停下來了？

其實自己也不太清楚。

你不知道浣熊速度很慢嗎？

大福！你怎麼跟在浣熊後面啦！

這樣要走到什麼時候啊！

嗯？

奇怪，大家在排什麼隊啊？

一隻浣熊走出來後，才換另一隻進去。

大家都好有秩序地排隊喔！

大福，你知道我們在排什麼嗎？

嘎～

就算你這樣講，我也不知道是什麼意思。

換我們了！

吸

原來是排隊去樹上摘水蜜桃！我也要吃！

大福，輪到我們了嗎？

大福！你有沒有好好在排隊！隊伍已經前進了你知道嗎！

自己也脫隊

接下來就派出我們的第一棒……

很好，輪到我們了！

好，那現在就換我……

旁邊的大福負責上去摘水果！

哈姆，你這樣不行啦，怎麼一上去就滑下來？

……你該不會也爬不上去吧？那我們就沒水果吃了，這樣不行啦！

大福，你一定要想辦法爬上去！

大福，你為什麼是這種表情，你有什麼不滿嗎？

為主人服務是應該的啊，你有看過小公主自己在爬樹摘水果嗎？

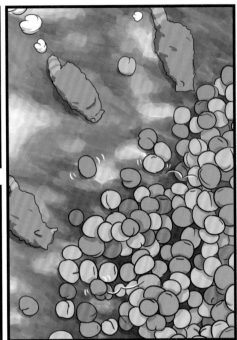

這個要給我吃嗎？

謝謝你！

可是這個還沒洗過，我還是帶回家吃好了。

你要我現在就吃？

嗯⋯⋯好吧。

⋯⋯
！

⋯⋯

嗯⋯⋯

這個超級甜的！好好吃噢！

謝謝你！浣熊寶寶！

大福，你一定要吃這個，比我給你吃的葡萄和水梨都還甜噢！

吃飽了吃飽了。

我們不是來找大福哥哥姐姐的嗎？怎麼吃起水果了啊？

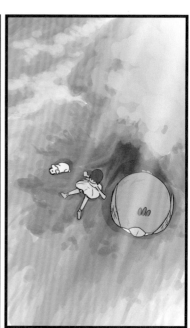

嗯？

這是……

我不會辜負你們的！因為我們是⋯⋯

我知道了！是委託任務！

嘎嘎隊立大功

↖不理會　↖看當遠

什麼任務都難不倒我們的！對不對，大福？

真是的，怎麼那麼調皮！

噢！有點棘手

不過，我已經想好方法了。

哈 哈

啾

看吧！輕鬆達成任務，沒有什麼難的倒我們！

這這這……

我們只是小朋友啊！又不會真的攀岩！

看來這次沒辦法了……

大福你有別的辦法嗎？

……

你不要只會站在那邊，那又沒有用！

嗯？

哇！你先是人站著腳有用啊

記得要小心喔！

掰掰！下次再來找你們玩！

呼！做了好事真開心！

但是也好累噢！

哈姆，我們回去睡覺吧！太晚回去媽媽也會擔心吧！

Hmm~

！

怎麼了？

緊急任務嗎？

嘎

嘎

?

我不想待在這裡！

大福，我累了，我想回家！

大福，你先停一下啦！

再走下去我們可能會在這片森林迷路！

難道你認識這邊的路嗎？

大福，

什麼？你說你要去那個看起來濕濕濕暗暗的山洞？

我不想去，我要回家。

?

嘎

嘎

?

睫毛？

瘦瘦的？

?

胖胖的？

你說那個山洞……

…

我知道了！

睡覺？

!

ZZ

你要去那個山洞找一個胖胖、戴假睫毛的朋友睡覺!

不是嗎?還是說去山洞你會變胖,假睫毛也會長出來,這樣你才能睡得著覺?

嗯……難道是多年前拋棄你的胖胖哥和睫毛姊從小就和你在這個陰暗又潮濕的山洞睡覺?這不可能吧?

等一下……
哈姆……你也要
進去嗎？

大福,這裡什麼都沒有,

我們回家好嗎?

我不想待在這裡啦!

大福等我!

不要丟下我一個!

大福你看，這個是你哥哥姊姊的羽毛，

這是他們在這邊住過的證據。

咚

碰

大福別哭，

我一定會陪你找到哥哥姐姐的，

所以別哭，好嗎？

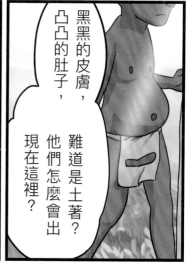

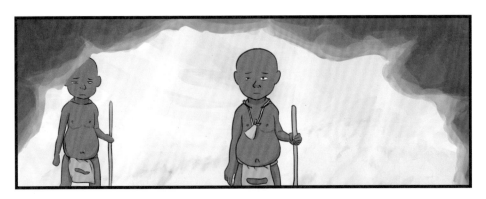

這個洞穴很可疑，我進去看一下。

你在這裡等我。

好。

他來找大福做什麼？

那隻鳥？是指大福嗎？

那隻鳥可能就躲在這裡。

！

5分鐘後

洞裡沒有，附近再找找看。

啊川

應該不會走太遠。

那個背影好眼熟……

阿布？他怎麼會跟土著走在一起？

……難道他把大福吃掉水晶的事告訴土著了嗎？

不可能啊，他不是很討厭土著嗎？

想不通……

不過有一點可以確定的是……

原來土著就在我們身邊這麼近的地方，

大福真的很危險……

也許只有他哥哥姐姐，才能真正保護好他……

咚

其實我也知道，憑我是不可能保護好大福的……

哎呀，我頭腦不好，想不出來了啦！

大福，我們該怎麼辦？

有沒有什麼能快速找到大福哥哥姊姊的方法呢？

．．．．．．

大福，你認真一點好嗎？我可是很嚴肅地在思考事情耶。

點頭

我想到能快速找到你哥哥姊姊的方法了！

大福！

翅膀．．．．．．

有了！

大福，你是鳥，鳥可以飛阿！

只要飛在空中，一定很快就能找到你哥哥姊姊的！

助跑一下？

嗯⋯⋯還是飛不起來嗎？還是說你需要⋯⋯

衝啊！

目標發現！

我們一鼓作氣加速衝出去那個小山丘！

就算你哥哥姐姐在大海中間和海龜聊天，我們也要飛過半個太平洋把他們找出來！

嘎～

大福你根本就不會飛嘛！

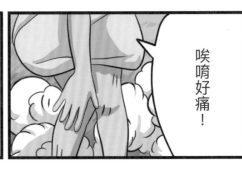

唉唷好痛！

你一定是小時候沒有努力學習才不會飛！這就叫做少壯不努力，老大徒傷悲！

找到他們了！

這隻鳥果然在這附近活動！

對不起，是我告訴土著，是大福把水晶給吃掉的……

阿布？

他們威脅我，不說的話就要把家裡的玉米田拔光……

對不起……

不要再拖拖拉拉，快走吧！

好了，講得夠久了。

108

等一下，我有疑問！

你們憑什麼說大福吃掉了水晶，又沒有證據！

那個男孩剛剛已經說了啊，我們現在要把這隻鳥帶回去交給大臣處置。

就算大福吃掉了水晶，你們把他帶回去也沒有用啊，又拿不出來！

那簡單，

只要把他切一半，就拿得出來了。

……

大福快逃！他們跑不贏你！

跑到沒有人能找到你的地方躲起來！

不用試了，沒有用的。

只要我一吹響這個號角，

這片平原上所有的族人，就會瞬間把這裡包圍。

大臣這次是不計一切代價也要把水晶尋回。

到時候可能就不只是帶走這隻鳥這麼單純了。

而且這也是物歸原主，

要怪就怪這隻鳥當初為何要把水晶吃掉。

好，走了走了！

等一下

妳……妳在說什麼啊?

這……

好啊……

當初是我肚子痛倒在地上,這隻鳥過來看我把我的身體遮住,

那個人才會誤以為是大鳥吃掉了水晶。

那妳就跟我們走吧。

走就走啊，

嗅

我才不怕你們呢！

hmm

碰

碰

哈姆、大福，別擔心，我，

我才不怕他們呢！

大福，我不能讓你受到傷害，這是一個主人應盡的責任。

你們就在這裡等我，我會找機會逃回來的！

喂！走了
走了！

阿吉，你走在前面。

喔！

只有兩個人……

我得想個辦法離開。

有什麼方法可以引開他們注意力？

河流……

好！就用這個辦法！

我來看看。

上鉤了！

再會了，土著。這段期間的相處很愉快。

咦！河流裡有一條好～～～大的魚喔！

← 紅嘴黑鵯

咦？那邊有老鷹耶！

亻隨便亂說

唉唷，怎麼都沒辦法引開他們注意啦！

那裡有救兵！
機會來了！

救命啊！
我快不能呼吸了，誰來救救我啊！

她到底在說什麼啊？
誰知道⋯⋯

既然這樣……

那至少要留下一點，

走過的證據！

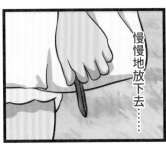

等一下，妳在做什麼！

只是整理一下頭髮而已。

慢慢地放下去……

我一定辦的到的！

趁他們不注意的時候……

……

啊～我的肚子好餓啊～

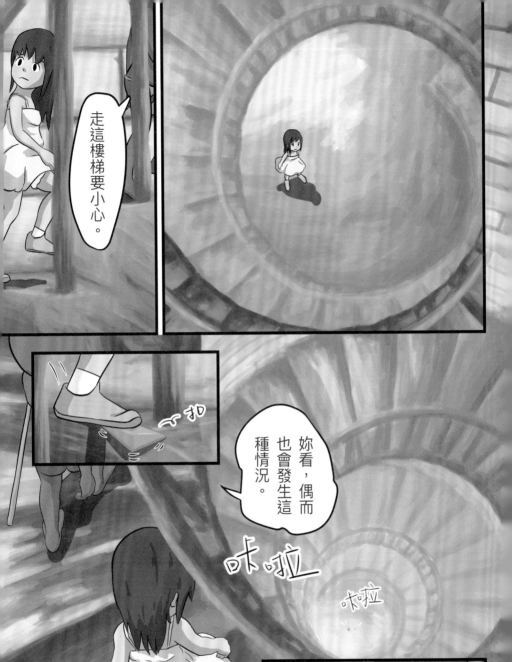

這裡是我們的休息區。

有點亂，妳大概無法接受吧。

妳們家應該不會那麼髒厚？

剛剛在後面很兒的叫阿魯，他是我哥啦。

其實我也不太喜歡他，妳看這些垃圾就他丟的。

咚
咚
咚

大福……

我……

這裡就是我們大臣的房間了，趕快上來吧。

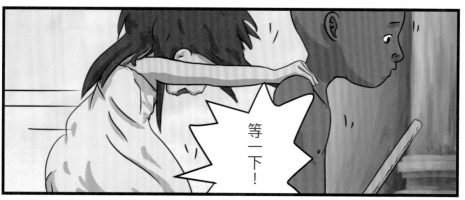

等一下！

怎麼啦？

回家……

我要……

我要回家！

我沒有拿你們的水晶！

我要回家！

……

我根本從來沒看過你們的水晶，連長什麼樣子都不知道。我只是不想大福被你們帶走，才騙你們的。

大臣就在後面的房間，妳要不要直接跟他說說看？

妳突然這樣說，我也不知道該怎麼辦……

咔

妳好啊，小妹妹。

……

阿吉，我聽說水晶是被一隻大鳥吃掉的，你怎麼帶了一個小孩回來？

……報告大臣，這個女孩當初說是她吃掉了水晶，所以我們才帶她回來，不過現在又改口說不是。應該是我們抓錯人了。

既然不是妳拿走水晶，勉強妳拿出來也不是辦法……

這樣啊……

不過……

妳可知道水晶對我們的重要性？

我是族裡的財務大臣，在半年前的遷徙任務裡，負責運送族裡的貴重物品。

其中最重要的一件，便是象徵我族領袖象徵的……

紫皇水晶。一個只要些微光亮，就會閃爍耀眼光芒的水晶。

我和一部分的族人，因為未能確實保護水晶的關係被流放在外，直到尋回水晶才能回去部落。

這當然是我的錯，我沒有善盡督導責任，我深感失職。我衷心期望能早日尋回水晶，以彌補我的過錯。

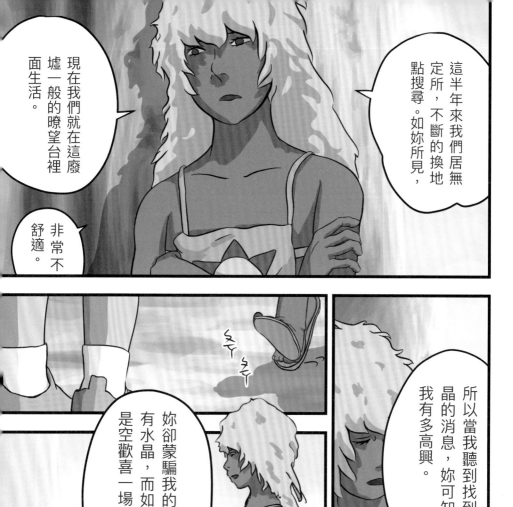

這半年來我們居無定所，不斷的換地點搜尋。如妳所見，

現在我們就在這廢墟一般的瞭望台裡面生活。

非常不舒適。

所以當我聽到找到水晶的消息，妳可知道我有多高興。

妳卻蒙騙我的部屬說妳有水晶，而如今一切只是空歡喜一場？

我真是太失望了。

但是……

這個小女孩遠來辛苦，你帶她下去休息，吃點東西。

阿吉！

是！

之後我就能回家了嗎？

請問⋯⋯

就在那扇門後。

其實我有一個很可愛的寶寶，

平常我們很忙沒時間陪他，希望妳能陪他玩一下再回去。

嘛⋯⋯關於這點

寶寶，

寶寶，

你在哪裡啊？

好！

我知道了！

……

!

奇怪?

沒看到什麼寶寶啊?

寶寶呢?

這裡怎麼會有鱷魚?

鱷、鱷魚!

他的名字叫鱷魚寶，就是我說的寶寶啊。

……

我⋯⋯我沒有看到寶寶，而且裡面有鱷魚！

鱷魚就是寶寶?

……我不要跟他玩,會被吃掉的!

蛤?

妳是不是搞錯什麼了?

就是要妳被吃掉阿。

阿吉，晚上5點再帶她上來！

等一下！

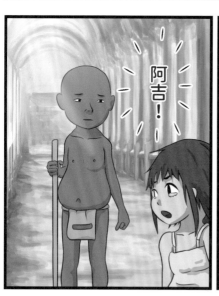

阿吉！

別怕，妳不會被吃掉的。

妳看我現在還活得好好的。

這是我當初被抓去餵鱷魚寶留下的齒痕。

妳看。

當初我被抓去餵鱷魚的時候，也以為我要跟這個世界再會了。

想不到呢，我的肉又少又硬，根本咬不動啦！

抓

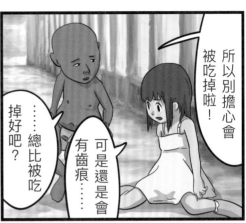

所以別擔心會被吃掉啦！

……總比被吃掉好吧？

可是還是會有齒痕……

應該是真的很硬吧？

走吧，我們去樓下休息。

我剛剛聽她說妳的肉也很硬，那就不用擔心啦！

等他咬一咬，咬不動，就會放你回家了啦！

我的肉……

我到底該怎麼辦……

爸爸、媽媽……

大福、哈姆……

都已經黃昏了，莉莉還是沒有回來⋯⋯

都是我的錯！我不該那樣說的，到底該怎麼辦啊！

……難道他想去救莉莉？別鬧了！

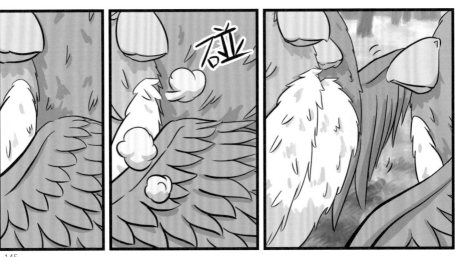

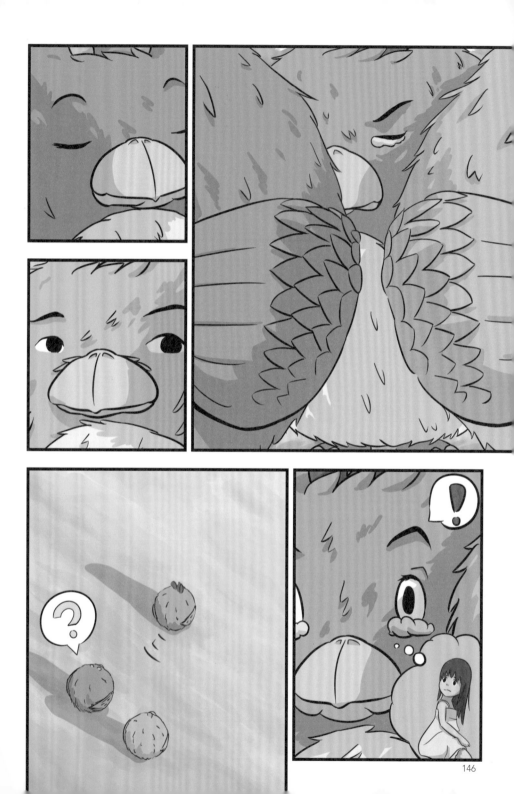

搖

我們的朋友被土著抓走了，請你們幫忙救她回來！

拜託你們幫幫忙！

前面是瀑布，被沖下去就回不來了！

我來救你起來！

哈姆！想辦法游到岸邊！

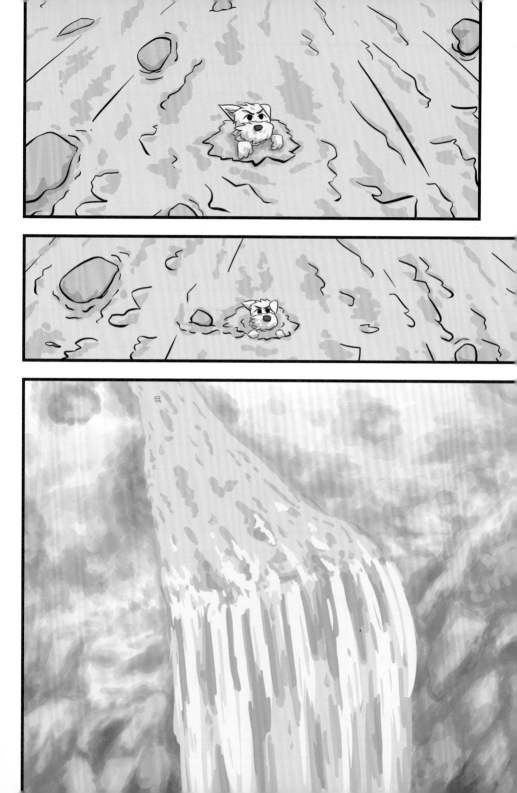

哈姆！

快抓住這根樹枝！

哈姆撐住！

哈姆……

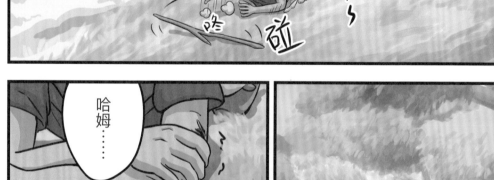

嗚……

Episode4

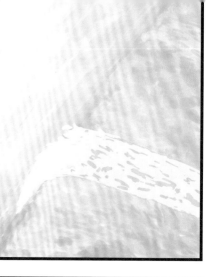

165

Episode4 守護

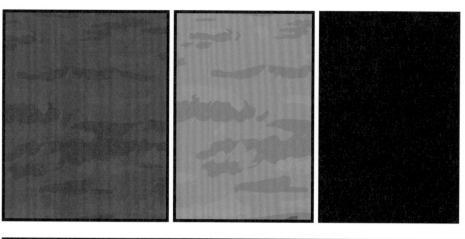

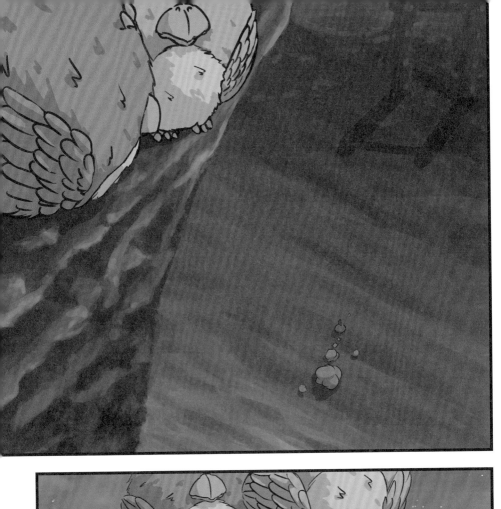

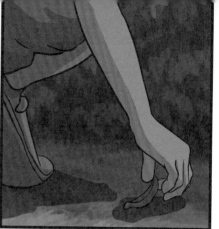

應該就是這裡了……

我們要想個辦法進去……

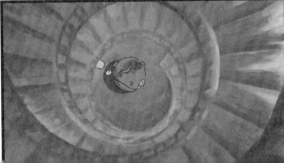

大福，我們只能試試看了……

等一下，你們是來幹嘛的？

嗯？

嗯……我們……我們是你們大臣的朋友，很久沒碰面了，特地來拜訪他一下。

大臣在樓上，一直走就到了。

看來土著真的笨笨的。大福，趁現在！

竟然……

成功了！

好像在哪裡看過他們……

噢。

我們是你大臣的朋友啦！特地來拜訪他一下。

喂！你們是誰？鬼鬼祟祟的在做什麼？

大臣的朋友？我有沒有聽錯？

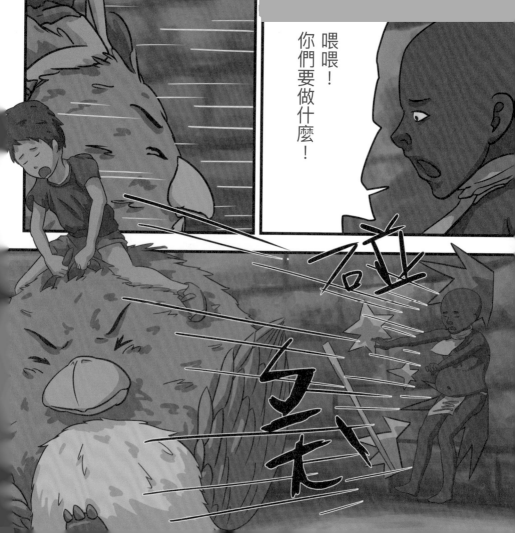

喂喂！你們要做什麼！

別跑！

快抓住他們！

在這邊，快追！

妳來啦。

我……我不要……

鱷魚寶等妳很久了，快來陪他吧。

莉莉快上來！

快帶我們離開這裡！

大福！

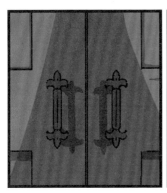

大福，怎麼了？

門……門被關上了……

可能從後面鎖住了！

打不開！

阿吉，你說什麼？

我想起來了！你們是之前那一夥的對吧！我記得還有一隻狗！

當初就是從那男的口中聽聞這隻鳥吃了我們的水晶，只是後來那女孩卻說是她吃的，

所以我們才會帶那女孩回來……

看來……

這樣啊……

我們也有機會重返部落了呢！

這次不僅能讓鱷魚寶吃個飽，

這裡唯一的出口⋯⋯

就是你們後面那扇被反鎖的門。

這裡很偏僻，就算有人來找，一時片刻也找不到這裡。

放棄吧，你們無路可逃了。

把他們⋯⋯

這裡是廢墟，

廢墟啊。

這裡沒有其他出口。

早就跟你們說過了，

昊

震完了，
然後呢？

這座塔倒了，
對你們也沒有
好處。

大福力氣很大，
你再不讓開，我
們就把你們撞暈，
你們只有四個人！

哼！果然是小朋友的想法！

如何？妳還是覺得有辦法把我撞暈嗎？我們有人數上絕對的優勢。

只憑那隻大鳥的蠻力是行不通的。

唯一能結束這場遊戲的方法就是，

放棄吧。

你們逃不出去的。

大……大福？

大福！你到底在做什麼！

哇～～～～～～～

不會飛就不要裝會！

你有沒有在動腦！

你這樣會害我們都掉下去啦！

不對！

大福……

你是為了救我，才這樣奮不顧身衝破窗戶的嗎？

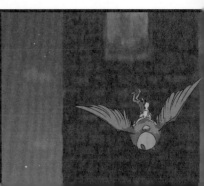

對不起，大福，我不該這麼說的。

即使我如此幼稚不成熟，你還是願意在我身邊，陪著我保護我。

我應該說的是‥‥謝謝你，大福！

我還想陪你一起玩，一起去好多地方……

只是現在……

到底該怎麼辦啊！

哇！掉下去了！怎麼辦？

這是……

這個影子是⋯⋯？

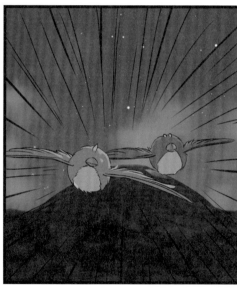

大福,

他們就是你的哥哥姊姊嗎?

真是太好了!

嗄

怎麼會變成這樣⋯⋯

運氣真好耶，竟然有同伴支援。

飛走了耶！

那就只好你去當鱷魚寶寶的食物啦，阿吉。

⋯⋯可是我上次已經被他咬過一口了，咬不動啊！

好想飛走阿⋯⋯

我也有翅膀就好了⋯⋯

……

那怎麼辦？只能你再被吃一次，不然是吃我嗎？

……

哇！好痛啊！

誰快來把這隻鱷魚拉走！

……

啊！

哈姆！我好想你噢！我們多久沒見了？是一天？一個月？還是一年？

不過人家大福都有來救我，你怎麼沒有？真沒良心！

⋯⋯

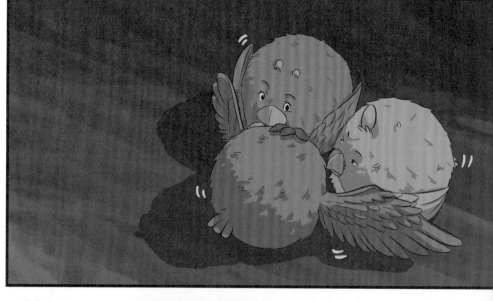

綠茶！
紅麴！

不用懷疑，就是在叫你們！

再帶我們上去飛一下嘛！

等一下，你說的「我們」指的該不會是……

大福，你不能跟過來，剛剛那樣實在太危險了，你在這邊等我們。

出發囉！

啾啾啾！

飛在天空感覺真是太棒了！大福不能飛實在是太可惜了！

大福就是小時候不肯努力，長大後才不會飛！

還好你們有來救我們，不然就完蛋了！

大福，大福，你在哪裡？

啊！找到了！在那邊！

紅麴，大福好像陷入一種很危險的情緒，我們下去拍拍他的頭好嗎？

大福……

等等我！

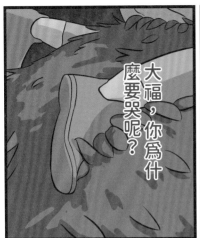

大福，你為什麼要哭呢？

不是才跟哥哥姐姐重逢，應該要高興才對啊！

我跟你說，你這樣一直哭，不能哭喔！怎麼陪我一起玩呢？

我會再陪你練習飛行的，

什麼，你問我什麼時候？隨時都可以啊！

那是因為……

大福，我會永遠陪在你身邊的。

啪啪啪～

所以我說，水晶到底到哪裡去了？

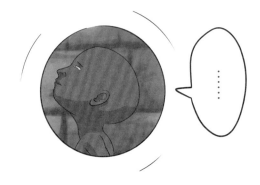

………

大福的守護

書　　　名	大福的守護
作　　　者	芝麻熊
主　　　編	莊旻嬑
美　　　編	譽緻國際美學企業社

發 行 人　程顯灝
總 編 輯　盧美娜
發 行 部　侯莉莉
美 術 編 輯　博威廣告
製 作 設 計　國義傳播
財 務 部　許麗娟
印　　務　許丁財
法 律 顧 問　樸泰國際法律事務所許家華律師
藝 文 空 間　三友藝文複合空間
地　　址　106 台北市安和路 2 段 213 號 9 樓
電　　話　(02) 2377-1163

出 版 者　四塊玉文創有限公司
總 代 理　三友圖書有限公司
地　　址　106 台北市安和路 2 段 213 號 9 樓
電　　話　(02) 2377-4155、(02) 2377-1163
傳　　真　(02) 2377-4355、(02) 2377-1213
E - m a i l　service @sanyau.com.tw
郵 政 劃 撥　05844889 三友圖書有限公司

總 經 銷　大和書報圖書股份有限公司
地　　址　新北市新莊區五工五路 2 號
電　　話　(02) 8990-2588
傳　　真　(02) 2299-7900

初 版　2022 年 12 月
定 價　新臺幣 320 元
ISBN　978-626-7096-21-5（平裝）
◎版權所有‧翻印必究
◎書若有破損缺頁請寄回本社更換

國家圖書館出版品預行編目（CIP）資料

大福的守護 / 芝麻熊作. -- 初版. -- 臺北市：四塊玉
文創有限公司, 2022.12
　面；　公分
　　ISBN 978-626-7096-21-5（平裝）

863.596　　　　　　　　　111017488

三友官網　　三友 Line@